めらめら

青木百舌鳥句集

ふらんす堂

序

青木百舌鳥さんが句集を出されるという。百舌鳥さんに初めて出会ったのは、もう三十年以上も昔、彼はまだ高校生だった。その後慶應義塾大学に進学した百舌鳥さんは俳句研究会に所属、私とは共に俳句を詠む仲間になった。その後、彼は俳誌「惜春」、「夏潮」を通して虚子の唱えた「花鳥諷詠」の道を歩みはじめ、今なお大いなる努力を傾けて、虚子の俳句世界を、さらには虚子が目指したであろう俳句世界を心に描いている。

彼は他人にも自分にも、誠実で正直な人物である。その上、快活で明るい人柄は周囲の人々に愛されるし、彼自身も人のためによく尽くす、そして彼が不満を口にしたのを聞いたことがない。我らが「夏潮」について、経理その他の仕事を担ってくれているのはもとより、小諸の小山美直《よしなお》さんの「俳句田んぼ」のお手伝い、「日盛俳句祭」での活躍も見事なものである。これからもずっと仲間でいて欲しい人だ。

以下いくつかの句について、かつて「夏潮」誌上で解説した拙文を掲げて百舌鳥さんの俳句世界を味わっていただく際の参考にしていただければと思う。

素魚のゐなくなりたる鉢の水

「素魚」と書いて「しろうお」と読む。本来の春の季題「白魚（シラウオ）」はサケ目シラウオ科の魚で「月も朧に白魚の」と江戸時代からもて囃され、ことに佃の漁師が江戸城御本丸へ毎春届ける「御用白魚」は特別に扱われたという。現在東京湾では絶滅、島根県宍道湖あたりが産地としては有名である。ところで「素魚（シロウオ）」はハゼ科の魚で、「白魚」とは別種。しかし九州博多室見川での「躍り食い」は有名で虚子も訪れており、それを季題として扱わないのももったいないない。

大きな鉢の中に群れて泳いでいる「素魚」。それを小さな網で掬い小鉢に移し、醤油などかけて「生きたまま」食う。美味というかどうか。本当のところ味は判らないが、その口中での感触は忘れられない。

一句は、初めは百尾前後もいたであろう鉢の「素魚」がすべて食べられてしまって「水」だけが残っている様子をそのまま写生したもの。なんとも「あわれ」がある。

ただいまと人戻り来る花筵

季題は「花筵」。お花見をするための「筵」である。気に入った桜木の下に敷き延べて、飲んだり食ったり、「花の宴」を繰り広げる。夜桜見物のために昼間から場所取りをしている「花筵」もある。

掲出句の「花筵」は昼間であろう。二家族くらいで、満開の桜の下に敷いた「花筵」。早速、花見弁当を広げて、ひとしきり過ごしてからは、銘々自由。ごろんと横になるもの、そこらの「花」を見に行くもの、河のほとりまで行ってみるもの。そして外を見て回った子供達が「筵」に戻っての科白が「ただいま」であったのだ。ほんの一、二時間過ごした「花筵」を、まるで我が家のように思う感じ方、が楽しい。「筵」を引き払ってしまえば、ただの公園かなにかの、他人の土地であっても、「花筵」を敷いている間は、「我が家」なのである。家族・仲間の有り難さの中で暮らしている、我々の姿が見えた気がした。

浮苗の田植機追うて流れける

季題は「田植」である。「田植機」は現代の田植えでは欠かせない機械。初期は手で押しながら四条ほどを植えていたようであるが、現今ではトラクター式の大型機で、八条とか十条を一気に植えていく。詳しいことは判らないが田面への田植機の沈み方は以前より深い感じで、ある程度の水深の中に田植えが行われていくようにも見える。

そこで掲出句のような場面が眼前でなされたのである。「カッチャ、カッチャ」とストロークして植えていく中で、一つの早苗が着床できずに、田水に浮き上がってしまった。その早苗はどうなるかと見ていると、進む「田植機」の後部に生まれた水流に乗って、「田植機」を追うように流れた、というのである。

まことに落ち着いた観察と、その観察の結果を的確に伝える措辞によって、読者を田植えの現場に拉致するほどの力強い写生句となった。ともかく早く一句にしてしまおう、などという「ぞんざい」な気持ちは微塵も無く、どこまでも、「その場面」を正確に伝えたいという誠実が一句に満ちている。この句を見た瞬間、私は小躍りして喜んだ。そして虚子に見せたいと思った。虚子も必ず選ぶと思った。但し虚子が現代の「田植機」を知っていたなら。

ちぬ釣つて而して椀の鯛の鯛

季題は「ちぬ」。「黒鯛」の傍題である。釣マニアには一年を通じての狙い魚であるが、一般的には夏の、なかでも夜釣りが納涼をかねて楽しまれている。悪食で有名で、海老・蟹類から、ゴカイ、イソメ、さらには蚕の蛹、地方によっては西瓜などを餌にして釣ることもある。

掲出句は「ちぬ釣つて」というのであるから、作者自身で釣りをして、「而して」というのであるから、自身で料理をした、というところが解釈の勘所となろう。「鯛の鯛」はご存知の方も多いだろうが、魚の頭の中にある「骨」、厳密には肩胛骨の辺りの骨で、胸鰭を動かすときに使う。その形状が「魚」の形をしているので、「鯛の中の鯛」という意味から「鯛の鯛」として面白がられている。さらに「鯛の鯛」が食べ手にそれと判るには、「吸い物」が相応しく、その点「椀の」の措辞は周到である。

昼間は釣り三昧に耽り、夜には自ら包丁で刺身、焼き物、椀種と「ちぬ」を捌いた作者の得意顔まで眼に浮かぶ。

もう十年以上も前に俳誌「夏潮」の企画で、当時の「若者」達の句集出版を促すために「第零句集（第一句集を待望するの謂い）」シリーズを企画した。その折百舌鳥さんは『鯛の鯛』という小冊子を纏められた。やや時間がかかったが、ようやく本書となって、百舌鳥さんの句が広く人々に読まれるようになったことは嬉しい限りだ。彼の俳句はまだまだ進化するに違いない。それを私自身、最後まで見届けることがかなわないであろうと思うと、一抹の寂しさを覚えるのも事実である。

令和五年　大晦日　逗子にて

本井　英

目次

カバー・cut_art さとうみよ（切絵）

句集　めらめら

雲上にあふれ出でけり初日の出

初雀梅に五六羽薔薇に二羽

書《か》き割《わり》のごとき磴《とう》へと初詣

市谷亀岡八幡宮。

曳《ひき》猿《ざる》の白き瞼《まぶた》を閉ぢてをり

福福と中華屋裏の嫁が君

前屈し反りて人《じん》日《じつ》空円か

コンビニの小判コロッケ餅《もち》あはひ

松過の故郷の宮に旅詣

横ざまに沼へ雪《ゆき》折《をれ》してをりぬ

一と枝を雪に捥《も》がれて松高し

冬帽を振りてはぐれし人を呼ぶ

本堂の小脇にしたる寒の梅

滝道に捨てられてゐる氷柱かな

日は遠く鳥《てう》語《ご》は高く冬の滝

子の声のどんど焼くぞとスピーカー

橙《だいだい》の泡噴いてゐるどんど焼

狛犬の背に浮く骨や冬の雨

平らげてずんと温《ぬく》とし納《なっ》豆《と》汁《じる》

波《なみ》の華《はな》国道を越え線路越え
樹《じゅ》霜《そう》降りそめてたちまち降りしきり

風《かざ》花《はな》の地を転《まろ》びつつ毀《こぼ》れけり

寒天のすきつ歯に干しあがりたり

寒天《てん》干《ほし》場《ば》日暮れて星の末だなる
雪搔いて道の車に轢《ひ》かせをり

雪落ちしままに水路を奔《はし》りけり

雪で魚《うを》すすぎて雪で出刃《でば》みがく

屋根雪をスノーダンプで切る落とす

雪くぼみをればどこでも雪捨て場

雪原の我が足跡を戻りけり

慈姑《くわい》慈姑《くわい》と土に影あり春隣

汚せしも濯げるも雨水《すい》仙《せん》花《くわ》

風吹いて島の水仙みな弾《はづ》む

洗ひ場に新年好《シンニィエンハオ》と何度も言ふ
首まげて梅の面輪《おもわ》をうかがひぬ

ふと祖母の口真似をしてむめの花

くらやみに春灯ならぶ穴稲荷

犬ふぐり幾らか薄きところ踏む

室見川、三句。

素《しろ》魚《うを》の簗《やな》きしきしと潮寄せ来《く》

素魚の笑顔と見えてまた悲し

素魚のゐなくなりたる鉢の水

すぼまりて暗渠《あんきょ》となれる芹《せり》の水

堅香子《かたかご》に反れよ反れよと日も風も

岸壁に車並べてチカ釣りす

泡生まれきて薄氷《うすらひ》につかへたり

薄氷の毀れて水に馴染みけり

菜の花に泛《う》く東京の摩天楼

恋猫にごはんかと訊《き》くごはんと言ふ

つばくらの影の鏃《やじり》の行き交へる

向き合うてつばくらくつちやべつてをり
まうしろへ鞦《しう》韆《せん》の身の引かれゆく

春風に水面《みなも》塗りかへられにけり

三階のカメラに手あげ卒業子《そつげふし》

ひしと口閉ぢて蛤《はまぐり》洗はるる

脈打つて噴きをる雪《ゆき》解《げ》清《し》水《みづ》かな

抱き合うてぜんまい生まれきたるかな

波とどくところにかへす桜貝

今朝寒き風の奥なる雉《きじ》の声
駆ける雉だんだん迅《はや》し尾を立てて

野兎を拾うて帰る朧《おぼろ》かな

風の蒲公英《たんぽぽ》我に子のなかりける

赤貝の血に透明な水流す
地図に道なければ春の草踏んで

磯の間をふくれ寄り来る春の潮

春潮《しゅんてう》のゆきわたりたる礁《いくり》かな

小女子《こうなご》の腸《はらわた》蒼く干されけり

後ろ手に歩く春野の烏かな

浅《あさ》蜊《り》搔《かき》潮《うしほ》に泥の流れつつ

対岸はシーパラダイス浅蜊取

跪《ひざまづ》きほくりの花に謁《えつ》見《けん》す

經《けい》世《せい》濟《さい》民《みん》朦朧として卒業す

回顧。

転びては転び遊びや春の芝

つくし摘み手洗ひも消毒もする

別れたる子猫ふり返りもせぬよ

船路より始まる旅や山桜

曳《ひき》波《なみ》を春の堤にぶつけゆく

ひとひらの落花にくぼむ水の面《おも》

花下《くわか》に一人www《ワールドワイドウェブ》の端

ただいまと人戻り来る花筵《はなむしろ》

夜桜や企業戦士でありし日も
とどまれば花の流れてゆくことよ

釣堀に電車の停まる花の昼

乗《の》つ込《こ》みの鯉や落花を練り込んで

父親に似しは海松貝《みるがひ》好きなこと
なびいてはすんとすまして春紫苑《はるじをん》

白蝶は隠れ黄蝶は飛び足らず

竹林に寄ればつめたき春の風

ほごれたる楤《たら》の芽のまま揚げくれし
雪《ゆき》形《がた》やすつくと立てるペンギンも

抱卵《はうらん》の交替に海猫《ごめ》よろけけり

虻《あぶ》に生まれ蠅《はへ》に生まれて並び居る

施して家には入れぬ子猫あり

鉄製の賽銭箱に蜂出入り

首筋に蜂の羽音蜂の風

春《はる》夕《ゆ》焼《やけ》ビルを貝殻色にして

すつぽんの潜《かづ》く暮春の水昏《くら》き

連なれる白き遠《とほ》嶺《ね》や畦を塗る

ぬめ革のてかりに畦の塗りあがり

彩《さい》雲《うん》や午前に畦を塗り了《をは》り

熊蜂の防空圏や棟《むね》を越す

酒粕は浪乃音なり山葵漬

崖に張りついて猩《しやう》々《じやう》袴《ばかま》撮《と》る

背に富士の威《ゐ》を感じつつ茶摘かな

糊うてば焙炉《ほいろ》の紙のすこし浮く

頷《うなづ》きて仰ぎて春を惜しみけり

日に頰を張られて覚めぬ夏隣

諏訪御柱祭、三句。

御《おん》柱《ばしら》祭《さい》のラジオが面白く

朝の日の綱に亘《わた》りぬ御柱

参道が鳥居が沸けり御柱

祭《まつり》着《ぎ》の子や祭着の父追うて

武具飾る紺一色の畳《たたみ》縁《べり》

寺子屋のありし寺とふ花は葉に
桷《ずみ》の花日影にはかに夏めきぬ

夏《なつ》雲《ぐも》を人の過ぎゆく砂丘かな

葉桜にもうマラカスのやうな実が

たてかけてありし筍たふれける

雉《きじ》鳩《ばと》やベッドタウンは薔薇の頃

しづかなる家よ木香《もつかう》薔薇《ばら》あふれ

蚜虫《ありまき》を踏んで逃げゆく蚜虫も

カラー咲き人工芝の庭であり
野茨が一《ひと》叢《むら》あとは蘆《あし》ッ原《ぱら》

鷹の子の仰ぐに飽いてまた仰ぎ

山《やま》女《め》焼く面《おも》輪《わ》をおほふ塩厚く

ねんごろの田《た》搔《がき》に泥の泡こまか

尺《しやく》蠖《とり》に不動《うごかず》といふ策ひとつ

飛び出たる夏の女《め》鹿《じか》の長く飛ぶ

海《ほ》鞘《や》の箸とどめて酒を待ちにけり

花《はな》椎《しひ》の匂ひ日向に出れば消ゆ
清楚とはえごの蕾のあさみどり

新緑の色さだまりて蔭を濃く

日ざし降る下に出でたる日傘かな

鉄柵をはなれし長さ鉄《てつ》線《せん》花《くわ》

濯ぎたる田《た》植《うゑ》定《ぢやう》規《ぎ》に屋号かな

田植機がよそ見運転しつつ来る

浮《うき》苗《なへ》の田植機追うて流れける

田植機を愛馬のごとくぽんぽんと

水《みな》口《くち》に寄せて置きある余り苗

岩燕らし山風に突きあがり

傍《かたは》らに虫襲はせて蟻の道

痂《かさぶた》の落ちしを蟻の運びけり

花ざくろ髭《ひげ》題《だい》目《もく》を華やかに

天《てん》心《しん》を見定めて竹皮を脱ぐ

竹落葉してほのぼのと道のある

竹落葉掃きては山に捨ててをり

牛蛙声つまらせて潜きけり

ゆるやかに我をまたぎぬ黒揚羽《くろあげは》

蕺菜《どくだみ》の花や暗渠を来し川に

逆さまに柄《え》を使ひをる溝《みぞ》浚《さら》へ
黴《かび》の香と思ひ墨の香とも思ふ

梅雨《つゆ》蝶《てふ》のぴしやりと閉ぢてしまひたる
あめんぼの底の影こそよく見ゆれ

水亭《すいてい》のみな立ちて翡翠《かはせみ》を

草舐めし風に糸とんばう消ゆる

浮《う》巣《きす》撮るレンズに鳰《にほ》のこちら向き

木天蓼《またたび》の花に憩へば遠《とほ》発《はつ》破《ぱ》

筒《つつ》鳥《どり》の谺《こだま》となりて消えにけり

そのかみの御《み》牧《まき》や畦に苦参《くらら》咲き

螢火の星座ほどなるあはひ置く

螢火や人の如くに坂のぼる

虎尾草《とらのを》のよき名もらひて曲がりたり

青蘆やへら台ほどの舟着場

抜殻にして聳《そび》やかすやごの顎《あご》

鮎釣の道まつすぐに川に入る

紙抜いてクリアファイルを団扇《うちは》とす

焼酎に寝つぶれゐしが動きけり

雌雄無きかたつむりとて紅濃きは
角《つの》すくめたるまま蝸《くわ》牛《ぎう》すべり行く

泉わくところの砂の明るけれ

蛭《ひる》の径《みち》抜け来し靴を脱ぎ捨てぬ

草《くさ》蜘《ぐ》蛛《も》の双《さう》牙《が》ばかりが赤黒く
母鴨が止まりて子鴨玉突きす

鳰《にほ》の子の蓮の浮葉を駆けりけり

鷭《ばん》の雛軽鴨《かる》も家鴨も顔見知

蒲《がま》が穂に出て口《くち》細《ぼそ》の繁殖期

潤《ほと》びたる蚯《み》蚓《みず》に命もどらざり

対岸の灯も鰻釣る人ならん

綸《いと》に指夜釣君らに負くまじく

鈴鳴らし夜釣の一人納《なふ》竿《かん》す
すぼみつつ水母《くらげ》の水をおくりけり

ちぬ釣つて而《しか》して椀の鯛の鯛

ローソンに入道雲の湧いてをり

疑問符で夏うぐひすの鳴きをはる

胡麻油香り鱧《はも》天《てん》穴子天

鯖の背の縞が皺《しわ》みて焼きあがり

りんりんと麦茶鳴らして配りけり

うみそらが青のひとはりヨット浮く
大《おほ》敷《し》網《き》をまはり越えゆく遊び船

皮《かは》剝《はぎ》の羊の眼して死ぬる

雷雲の底より鳥の流れ来る

夕虹の踏みをる嶺の明るさよ

雨降りて朝顔市の蒸れにけり

日焼けせし腕や拳《こぶし》をつくってみる

辣《らっ》韮《きょう》を齧《かじ》る明日も仕事が無い

息継いでにいにい蟬の声長し

職安のただ置いてある扇風機

脚生えし蝌蚪《くわと》ゐる金魚すくひかな

煙草に火海酸漿《うみほほづき》はまだ鳴らず

深《しん》沈《ちん》と揺るる噴《ふけ》井《ゐ》の底の石

川《かは》蝦《えび》の流れに腕をゆだねをる

川水を浴びその川の蝦を食ひ
緑蔭に入れば沢音満ちてをり

岩魚《いはな》釣つて無事戻らねばならぬ渓《たに》

青《あを》胡桃《くるみ》万《よろ》づ足らはぬ事ぞなきと

踏む砂も溶岩《ラヴァ》の音なる登山道

念入りに歯朶《しだ》を薙《な》ぎあり滝の径

滝滑り出して粉々なる玉に

細滝の磨き出したる崖の黒

尻押せば覚めて歩きぬ金亀子《こがねむし》

閻王《えんわう》に詣で金目鯛《きんめ》のまなこ食ふ

星無くて雲の明るし缶ビール

朝蟬や日照雨《そばへ》なりしがさはに降る

夏日暮るカミツキガメを討ち果たし
夜目の利くものの眼赤し灯《ひ》取《とり》虫《むし》

シャツ脱いで汗ッ臭さに放りたり

枇《び》杷《は》葉《えふ》湯《たう》とや揉みもして嗅ぎもして

天《てん》草《ぐさ》干すモルタル塗りの階《きざはし》に
船《ふな》虫《むし》に腓《こむら》許せば噛まれけり

とどまりて腰たかだかと道をしへ

干瓢《かんぺう》を干すやはらかき藁踏んで

今夜剝く夕顔の実を納屋の闇

令和四年七月二十三日。本井英先生喜寿祝賀、横浜中華街。

炎天にめでたき文字を中華街

長時間運転胡瓜かじりけり
ババヘラのアイスクリーム海の青

夏潮の沖に夕日を展《の》べにけり

雲覆ひきたり黄《き》菅《すげ》の黄も失せし

天蚕《やままゆ》の翅《はね》にずしりと雨の玉
日に焼けて髭の白髪も悪からず

シャルドネのピノ・ノワールの青葡萄《あをぶだう》

いつも見る蛇によく似てやや小ぶり

ががんぼの番《つが》ひもつれぬ風の草

店頭に鰻を割《さ》くも成田山

鰻屋を出ればぞろりと人の列

猫と我ともに暮らして夏《なつ》痩《やせ》す

心太《ところてん》食《は》みをる我のされかうべ

風鈴は止み短冊ははりをり

蒲の穂にけふの濃き日と濃き日かげ

梅干に記せり二〇二〇年

饐《す》えきりし夏の小川となつてをり

薙《な》げば立つ境《きやう》界《かい》石《せき》や盆の路

七夕の竹流れつく真《ま》菰《こも》かな

鉄《てつ》道《だう》草《ぐさ》工場長と話し行く

操《さう》舵《だ》の手残して西瓜啜《すす》りをる

秋《しう》扇《せん》の人のガンブリヌスに立つ

ひらひらと踊の輪より抜け来たる
病家《びやうか》めく木槿《むくげ》の花を掃かざれば

がちゃ〳〵に生まれ壊れんほどに鳴く

うつとりと茗荷《めうが》の花へなめくぢり

山霧の霽《は》れて山の日ちりちりす

踏跡の松《まつ》虫《むし》草《さう》を避けてゆく

霧降りて白樺の白消え残り

霧の中牛にまじりて人のあり

もう紅を閉ぢ込めきれず吾《わ》亦《れ》紅《もこう》

ふつと糸切れて芒のはらりとす

海までの広き更地やつづれさせ

秋風を孕《はら》み蜘蛛の囲金《こん》色《じき》に

葛の香の濃厚にして夜の橋
とりまとはとりあへずまあ猫じやらし

平成二十一年十月三日。石神主水君結婚式、上高地。

訪《と》ひ来しは信濃の月にあらざれど

十六夜《いざよひ》にひらかぬ雲をすこし待つ

へびうりの尾がへびうりの名札巻く

露の萩研究員の来て触《ふ》るる

亀行きて変はらず水の澄めるかな

水底に鯊《はぜ》の叩きし煙二度

アパートは川に面して鯊の竿

立込《たちこ》みて鯊の汐《しほ》とはぬるきもの

鯊釣つて我が有閑を満喫す

先生の傘か花野に動かざる

杉山は暮れひかひかと日の蜻蛉

竹伐《たけき》りと山路なかばに別れけり

崩落の景にはだかり女郎蜘蛛《ぢよらうぐも》
旅の秋東京見えてぎくりとす

抱き起こし抱き起こしして稲括《くび》る

稲刈りてますます乾く田土かな

草の実のげんのしょうこに雨こまか

無花果《いちじく》を食めば酒気《さかけ》のふくらめる

社長ではないが松茸売が呼ぶ

香《かう》茸《たけ》の見目美しくなかりけり

鍋肌に日の当たりをり茸汁

品川や秋日を返す鯔《ぼら》の数

街裏に秋天《しうてん》滝の如くあり

人流れくる鰯雲みな背負ひ

山門を抜けて万灯《まんどう》ふくらみぬ

柄《え》長《なが》来て柄長来て囲まれてゐて

横利根川常陸利根川秋の晴
初鴨の背に水玉のたまる窪

べつたらの麴まみれの大《おほ》秤《ばかり》

目つむりて秋日和とは黄なるかな

考古学博士と秋の出水跡

倒れたる樫《かし》や団栗まき散らし

渋《しぶ》皮《かは》煮《に》すすめてくれて耳遠く
栗虫の栗喰ふ音でありにけり

掌《てのひら》に渦を巻きけり秋の水

鮭遡《のぼ》る逆巻く泡に沈みつつ

根《ね》掛《がか》りを引き抜くごとく鮭を釣る

鮞《はららご》を抜くや喉裏までさぐり

末《うら》枯《がれ》や見ればいなご蝗《いなご》もどことなく

川石に突きあたりけり葛《くず》根《ね》掘《ほり》

空負うて鵙《もず》ゐずまひを正しけり

俳句にも術と道ありあらばしり

騒音に身振り手振りや脱穀機
呼べば鳴く猫でありしよ夜の長く

藪底を蒿雀《あをじ》ふた手に去《い》んでけり

ものを焚く白煙長し紅葉山

瑕《きず》ひとつなき榠樝《くわりん》なり掌にひたと

部屋ごとの秋灯の色積みあがる

ひところ小鳥に揺るる金《きん》鈴《れい》子《し》

地の人を離れ皇《くわう》帝《てい》ダリア咲く

ゆりの木の嵩《かさ》なす落葉踏みにけり

先がけの都《みやこ》鳥《どり》ゐて遠きかな

酢のかをりほのと浦安初冬なる

白鳥の胸をおとして進水す

大綿の添ふと見えしが躱《かは》しけり

鷹匠の腕しなはせて放ちけり

鷹匠が腕をすくへば鷹乗り来《く》

落葉掃く音にこもれる憤り

枯《かれ》蟷《たう》螂《らう》息をかければ口動き

冬蝶の翅を畳みて落葉色

地《ち》渋《しぶ》泛き冬の沼面となり果《おほ》す

万両のんんと赤らみつつありぬ

木の葉屑寄せてここより川涸《か》るる

冬の蛇をりぬ松葉を押したわめ

饅頭をチョコを貰うて日向ぼこ

雑木林ごしに煩《うるさ》き冬日かな

古釘に柱の痩せや庵《いほ》の冬

芹のせてくらくら煮ゆる猪《しし》の肉

座を離れ山気《さんき》に在る身薬喰《くすりぐひ》

まちまちに大根の伸び傾《かし》ぎをる

懸《かけ》菜《な》してこれは兎のぶんとかや

蜜噴いて壺焼諸の黒光り

川底を冬日の綾の遡りをり
枯蔓も枯木の枝も螺《ら》旋《せん》なる

鴨ゆくや光の波を押しあけて

嘴《はし》抜きし浮《うき》寝《ね》の鴨のまた寝まる

船下りて冬の日向にすこし揺れ

大穴の落葉に捨てし菜屑かな

雪降つてくる雪空の中途より
雪激し透明傘を埋めつぶし

乾鮭《からざけ》を雪に吊るまま鬻《ひさ》ぎをり

鮟《あん》鱇《かう》鍋《なべ》食うて刺身を余らしぬ

ボロ市《いち》の枝道にして奥深き

世田谷ボロ市、二句。

ボロ市の柄にぢか書きにある定価

もの言はず夜の社食に取るマスク

我がために生きるさみしさ根深汁《ねぶかじる》

引っぱれば毛皮の伸びる炬《こ》燵《たつ》猫《ねこ》

めらめらと日なかに立てり冬の菊

搗《つ》きし餅ひねりて一つ呉《く》れにけり

餅を搗く胴のまま太き当主かな

まとまりて力石めく臼の餅

一本の舞《ぶ》鯛《だひ》を以て釣納め

火明りのおよばぬ梢《うれ》や除夜の鐘

大《おほ》年《どし》の星《せい》辰《しん》まはる車中泊

あとがき

高校三年の春——科目は「古典B」であったと思う——教師の到着を待ちつつ友人らと歓談していたところ、教室の向こう隅の生徒らが騒立った。ベランダの窓から誰か入ってきたと思う間もなく、ヒゲのおじさんが教壇に登った。「モトイってんだ。ヨロシクな」。この授業のセンセイらしい。「近道したのかな?」と思っていたが、後に本井英先生に訊ねたところ「奇抜な登場でもしないと高校生なんて教師を気にも留めやしない」と、先生流のサービスであった。

その授業では月に一度「句会《くかい》」が行われた。先ず白紙を細長く切った「短《たん》冊《ざく》」が配られ、生徒はそれに自作の俳句を書く。作者名は記さない。その短冊を回収して混ぜ、再度配る。生徒は配られた短冊の句を「清記用紙《せいきようし》」と呼ぶ別の白紙に書き写す。これで句から筆跡が消え、どれが誰の句か分からなくなる。この清記を回覧し、各自が良いと感じた句を選ぶ——自作句を選ぶのは禁止。

勿論先生も同様に参加している。回覧が終わると、選句が披講《ひこう》（読み上げ）される。「何の某選。「雲上に…」」というように。読み上げられた句の作者は、「たかし！」と名乗る。ここでようやく句の作者が明らかになるのである。披講のとき、ちょくちょく名乗りをあげるのは「うまいヤツ」ということ。先生選に入るのはなお嬉しい。出来立ての文学作品（？）を持ち寄って行うこのゲームが面白く、私は徐々に俳句に夢中になっていった。私の本名は「たかし」だが、クラスに「たかし！」が3人もいて甚だ不便だったので、自ら百舌鳥と号し、今尚それを名乗っている。大学では慶應義塾大学俳句研究会に入り、また、高田風人子主宰「惜春」を紹介してもらって仲間に加えていただいた。日々句会を開いたが、折にふれ英先生をはじめ行方克巳氏や三村純也氏ら諸先輩方が訪れ、指導してくれた。一方で、岡本星女氏の連句会にも参加した。

大学卒業後は句会出席の機会が減り作句もめっきり減ったが、平成十九年に英先生が「夏潮」を創刊することとなり、作句を再開した。本句集『めらめら』は私の第一句集であるが、この平成十九年から令和五年の句となる。句集をまとめるにあたり、児玉和子氏、前北かおる氏に多大なご助力をいただき、改めて英先生の御選もいただいた。日頃は空想句も作るが、本句集は実体験に基づく句に絞った。特に作句地は示さなかったが、自ら見返してみると信濃での作が多い。これは「夏潮」入会後、縁あって小諸市の小山美直氏に懇意にしていただき、氏が小諸のため俳人のために営む「俳句田んぼ」で稲作体験をしたり、「こもろ日盛俳句祭」に参加したりと、「信州小諸の美直さん」をたびたび訪ねた賜物である。なお、表紙は古くからの友人で、切絵作家の cut_art さとうみよ氏に制作していただいた。

お世話になっている人の名を挙げればきりがないが、つくづく人との縁に恵まれていると感じるばかりである。改めて感謝を申し上げる。

最後になるが、「何処で何をしているか分からない息子」を支えてくれた父母に感謝し、稿を閉じたい。

令和六年正月

青木百舌鳥

著者略歴

青木百舌鳥（あおき・もず）

昭和四十八年十一月十九日、東京生。埼玉県上尾市育ち。
平成三年、本井英より俳句の手ほどきを受ける。
平成四年、慶應義塾大学俳句研究会に入会。高田風人子主宰「惜春」入会。
平成八年、慶應義塾大学経済学部卒。建設業に従事。
平成十九年、本井英主宰「夏潮」創刊に参加、会員・運営委員。
平成二十七年、「大船渡再訪」にて「夏潮」第六回黒潮賞受賞。
令和六年現在、「夏潮」会員・運営委員。俳人協会会員。飲食業に従事。

現住所　〒一六二—〇八四五　新宿区市谷本村町二—二九

句集　めらめら

二〇二四年六月六日　初版発行
著　者――青木百舌鳥
発行人――山岡喜美子
発行所――ふらんす堂
〒182-0002 東京都調布市仙川町一―一五―三八―二F
電　話――〇三（三三二六）九〇六一　FAX〇三（三三二六）六九一九
ホームページ　https://furansudo.com/　E-mail info@furansudo.com
振　替――〇〇一七〇―一―一八四一七三
装　幀――君嶋真理子
印刷所――三修紙工㈱
製本所――三修紙工㈱
定　価――本体二六〇〇円＋税
ISBN978-4-7814-1655-7　C0092　¥2600E